LAS PRIMAS DE MUS

COMBEL EDITORIAL ES UN SELLO DE EDITORIAL CASALS, SA
© 2023, JAUME COPONS, POR EL TEXTO
© 2023, LILIANA FORTUNY, POR LAS ILUSTRACIONES
© 2023, EDITORIAL CASALS, SA, POR ESTA EDICIÓN
CASP, 79 – 08013 BARCELONA
COMBELEDITORIAL.COM
COMBELEDITORIAL.COM/BITMAX

DISEÑO DE LA COLECCIÓN: ESTUDI MIQUEL PUIG

PRIMERA EDICIÓN: FEBRERO DE 2023
ISBN: 978-84-9101-948-0
DEPÓSITO LEGAL: B-138-2023
PRINTED IN SPAIN
IMPRESO EN ÍNDICE, SL
CALLE D, 36 SECTOR C – 08040 BARCELONA

BITMAX &CO

LAS PRIMAS DE MUS

COPONS & FORTUNY

COMBEL

PRIMERA PARTE

¡PRIMAS!

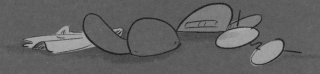

UNA MAÑANA TUVIMOS UNA SORPRESA INESPERADA. BUENO, TODAS LAS SORPRESAS SON INESPERADAS, ¿VERDAD?

7

LAS PRIMAS SE INSTALARON EN SU CASA Y ENTONCES SUPIMOS POR QUÉ MUS ESTABA TAN PREOCUPADA.

MUS NOS EXPLICÓ ALGUNAS COSAS QUE LE HABÍAN PASADO AL VISITAR A SUS PRIMAS EN LA CIUDAD.

11

INTENTAMOS TRANQUILIZAR A MUS.
Y RAVEL NOS AYUDÓ.

TODO EL MUNDO QUERÍA CONOCER A LAS PRIMAS, POR ESO BABA PROPUSO QUE PREPARÁRAMOS UNA CENA DE BIENVENIDA.

¿HABÉIS VISTO A LAS PRIMAS?

¡YO LAS QUIERO CONOCER!

¡SON RATAS DE CIUDAD!

¡DEBEN DE SER MUY MODERNAS!

¡PREPAREMOS UNA CENA DE BIENVENIDA!

¡CLARO!

¡VENGA!

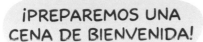

I LOVE WELCOME DINNERS!

DICE QUE LE GUSTAN LAS CENAS DE BIENVENIDA.

¿QUIÉNES DICEN QUE HAN VENIDO?

15

SEGUNDA PARTE

¿CALMA?

AL DÍA SIGUIENTE NOS LEVANTAMOS Y DESAYUNAMOS TRANQUILAMENTE.

Y DE REPENTE OÍMOS UN FOLLÓN TREMENDO.

¡PAAAM!

¡¡¡PUM!!!

¡QUÉ ESTRÉS!

¡¡¡CATACRAC!!!

¡PAM!

¡AUXILIO!

¡AYYY!

¡HUY!

¡SOCORRO!

¡OHHH!

NOS TOCÓ LLEVAR LA NAVE AL LUGAR
DONDE EVO LA TENÍA ESCONDIDA.

¡CUÁNTO PESA!

¿Y LAS PRIMAS?

EN CASA, ¡DURMIENDO!

¡CLARO! ¡HAN PASADO TODA LA NOCHE CON EVO!

¡A LA DERECHA! ¡A LA DERECHA!

23

ESTUVIMOS MONTANDO LA NAVE HASTA QUE
OSCURECIÓ. Y DESPUÉS NOS FUIMOS A CASA
AGOTADOS Y MUERTOS DE HAMBRE.

A PESAR DEL HAMBRE, NO CENAMOS NADA. UMMA, TELMA Y ELSA SE LO HABÍAN COMIDO TODO.

NOS FUIMOS A DORMIR SIN CENAR Y MÁS TARDE NOS DESPERTARON UNOS GRITOS. Y CUANDO SALIMOS DE CASA...

¡YUUUUUUUUUUUUUJU!

¡UAAAAAAAAAAAALA!

¡YEEEEEEEEEPA!

¡SILENCIO!

¡AY, QUÉ NERVIOS!

¡BASTA YA!

¡QUEREMOS DORMIR!

ARE THEY RATS OR MONKEYS?

PREGUNTA SI SON RATAS O MONOS.

27

SOIS BIENVENIDAS AL BOSQUE...

PERO TENÉIS QUE COMPORTAROS...

SI NO, TENDRÉIS QUE REGRESAR A VUESTRA CASA.

¿A CASA?

¿QUÉ CASA?

¿QUÉ?

¿CÓMO?

¡YA NO TENEMOS CASA!

¡¡¡NO TIENEN CASA!!!

LAS PRIMAS NOS CONTARON LO QUE LES HABÍA PASADO. ¡ERA TERRIBLE!

UNA HORA MÁS TARDE YA NO TENÍAMOS NI CASA NI NADA.

¡QUÉ BESTIA!

YA NO TENEMOS CASA.

¡NI CASA NI NADA!

¡AY, POBRES!

LA EXPLICACIÓN NOS DEJÓ HECHOS POLVO.
¡LAS PRIMAS YA NO TENÍAN CASA!

¡QUÉ DESASTRE!

ESTÁIS SIN CASA...

¡Y YO QUEJÁNDOME SIN PARAR!

NO PASA NADA.

TÚ NO LO SABÍAS.

¡TÚ NO TIENES LA CULPA!

TENEMOS UN PROBLEMA, BITMAX.

¡PUES ENCONTREMOS UNA SOLUCIÓN!

LO QUE HABÍA PASADO CON LAS PRIMAS ERA TERRIBLE.
Y TODOS LO TUVIMOS EN CUENTA.

NO OS PREOCUPÉIS.

EL BOSQUE AZUL ES VUESTRO HOGAR.

MI CASA ES VUESTRA CASA.

MUS...

NO SABEMOS QUÉ DECIR...

¡NOS HAS EMOCIONADO!

¡PERO TENDRÉIS QUE COMPORTAROS!

¡NO SÉ SI SERÁ FÁCIL!

COMO LAS PRIMAS ESTABAN SIN CASA, LA GENTE DEL BOSQUE SE MOSTRÓ MUY COMPRENSIVA.

TERCERA PARTE

PRINCIPIOS

FARADAY, ¿QUÉ HA PASADO?

¡PREGUNTÁDSELO A LAS PRIMAS!

¿QUÉ HABÉIS HECHO?

HEMOS PENSADO QUE ERA UN GAMBERRO.

SÍ, ¡LANZABA PIEDRAS AL RÍO!

Y SIENDO UN GATO...

LAS PRIMAS TENÍAN QUE ENTENDER QUE EN EL BOSQUE
NO TENÍAMOS REGLAS NI NORMAS, SINO QUE VIVÍAMOS
SEGÚN UNOS PRINCIPIOS.

¿QUERÉIS HABLAR DE
PRINCIPIOS Y FINALES?

NO. NO ES ESO.

¿PUES QUÉ SON
LOS PRINCIPIOS?

CÓMO OS
LO DIRÍA...

¡VA, VA!
EXPLICAD LOS
PRINCIPIOS.

¡CALMA, CALMA!

¡BIP! ¡BIP! ¡BIP!

¿CÓMO SE
LO EXPLICO?

QUIZÁ...

39

PENSÉ QUE LO MEJOR ERA QUE LA GENTE DEL BOSQUE LES EXPLICARA A LAS PRIMAS NUESTROS PRINCIPIOS, NUESTRA MANERA DE VIVIR.

NUESTRO PRINCIPIO BÁSICO ES...

¡VIVE Y DEJA VIVIR!

¡CUIDAMOS DE LOS DEMÁS!

¡COMPARTIMOS LAS TAREAS!

Y SI VEMOS HUMANOS, AVISAMOS.

¡ENTENDEMOS QUE TODOS SOMOS DIFERENTES!

¡ESO ES LO QUE NOS HACE IGUALES!

¡UF, QUÉ DIFÍCIL!

¡COMPARTIMOS LA COMIDA!

¡RESPETAMOS TODAS LAS OPINIONES!

¡Y LOS GUSTOS!

NO MOLESTAMOS A NADIE.

SOMOS RESPONSABLES.

COLABORAMOS CON LOS DEMÁS.

¡CUIDAMOS DEL BOSQUE!

¡QUEREMOS QUE TODO EL MUNDO SEA LIBRE Y FELIZ!

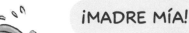

¡MADRE MÍA!

¡CÓMO VAMOS A HACERLO!

¡QUÉ TONTERÍAS!

41

LAS PRIMAS POR FIN HABÍAN ENTENDIDO CÓMO FUNCIONABA EL BOSQUE AZUL.

¡NO PODEMOS LIARLA POR LAS NOCHES!

¡NI COMER TODO LO QUE ENCONTREMOS!

¡NI PASARNOS EL DÍA DURMIENDO!

¡LO HAN ENTENDIDO!

AHORA TODO IRÁ BIEN.

ESO ESPERO, BITMAX.

YA VERÁS QUE SÍ.

¿ALGUIEN HA VISTO A DENIRO?

DIJO QUE SE IBA A DAR UNA VUELTA.

ESTABA ESTRESADO...

AQUEL DÍA LAS PRIMAS NO SE MOVIERON
DE LA ROCA DE LA CARRETERA.

CUARTA PARTE

¡ABURRIDAS!

LA CALMA REGRESÓ AL BOSQUE PERO LAS PRIMAS TUVIERON QUE PAGAR UN PRECIO: ABURRIRSE MORTALMENTE.

ESTABA MUY CLARO QUE PASAR TANTAS HORAS
SIN HACER NADA, ADEMÁS DE ABURRIDO Y PESADO,
NO PODÍA SER SANO.

¡NO SE MUEVEN
DE LA ROCA!

¡LAS VEO ABURRIDAS
Y TRISTES!

¡HAN IDO DE UN
EXTREMO AL OTRO!

¡SE MORIRÁN DE
ABURRIMIENTO!

ESTABA PREOCUPADO POR LAS PRIMAS Y FUI A HABLAR CON BABA PARA SABER QUÉ OPINABA.

49

LAS COSAS NO ERAN LO QUE PARECÍA. SINATRA NOS CONTÓ LO QUE HABÍA VISTO.

SINATRA VIO A EVO DISFRAZADO DE CAZADOR Y LO SIGUIÓ.

EVO PASÓ ANTE LA ROCA Y PROCURÓ QUE SE OYERA LO QUE DECÍA.

ELSA, UMMA Y TELMA NO LO DUDARON. COGIERON SUS CUERDAS, RODEARON A EVO Y...

¡DESGRACIADAS!

¡BAJADME!

CUANDO EVO SE TRANSFORMÓ EN EVO, LA GENTE DEL BOSQUE LLEGÓ Y PENSÓ QUE LAS PRIMAS LO HABÍAN ATACADO...

¡SOCORRO!

¡BAJADME!

¿QUÉ LE HAN HECHO?

¡POBRE EVO!

¡AY, AY, AY!

¡MADRE MÍA!

PERO ¿ADÓNDE VAIS?

NOS VAMOS...

¡NO TENEMOS SOLUCIÓN!

¡NI PRINCIPIOS!

¡NO, NO!

HA SIDO UN MALENTENDIDO.

¡VOSOTRAS QUERÍAIS SALVARNOS!

¡Y ESO HA SIDO MUY BONITO!

MUS SE LLEVÓ A SUS PRIMAS CON LA EXCUSA DE
QUE COMIERAN UN POCO ANTES DE MARCHARSE.
ESO NOS DABA ALGO DE TIEMPO, PERO TENÍAMOS
QUE ACTUAR RÁPIDO.

¡ESTAS RATAS ESTÁN FATAL!

PUES PIENSA, BITMAX, ¡PIENSA!

¿CÓMO VA TODO?

¿DÓNDE ESTABAS, DENIRO?

RELAJÁNDOME. EN LA CIUDAD.

PENSABA Y PENSABA, PERO NO SABÍA
QUÉ HACER CON LAS PRIMAS.

MIENTRAS BUSCABA UNA SOLUCIÓN, DENIRO ME DIJO
ALGO QUE LO CAMBIÓ TODO.

¿Y SI LAS PRIMAS PODÍAN REGRESAR A SU PARQUE?
¿Y SI PODÍAN VOLVER A SU CASA?

ME PARECE UNA GRAN IDEA, BITMAX.

¡ACOMPAÑÉMOSLAS A LA CIUDAD!

¡Y ASEGURÉMONOS DE QUE ESTÉN BIEN!

¡TENDREMOS QUE RECONSTRUIR SU CASA!

¡ENTRE TODOS PODREMOS!

¿Y SI LO HABLAMOS?

¡AVISEMOS A LA GENTE DEL BOSQUE!

QUINTA PARTE

¡CADA
UNO EN
SU CASA!

DE REPENTE, APARECIÓ EVO CON LA PEOR DE LAS INTENCIONES.

¡EL PARQUE ESTÁ LLENO DE ANIMALES!

¡ENVIAD REFUERZOS!

¡HAY QUE HACERLE CALLAR!

¿Y AHORA QUÉ?

¡ESTO NO VA A SER UN PROBLEMA!

¡CLARO QUE NO!

¡A POR ÉL!

¡LO QUE NOS FALTABA!

¡ES DE LOCOS!

CON EVO FUERA DE JUEGO GRACIAS A LAS PRIMAS,
TERMINAMOS LA NUEVA CASA EN UN TIEMPO RÉCORD.

LA DESPEDIDA FUE MUY EMOTIVA. AL FINAL LAS PRIMAS
IBAN A VIVIR DONDE QUERÍAN Y COMO QUERÍAN.

DE CAMINO A CASA TUVIMOS QUE AGUANTAR LAS IMPERTINENCIAS DE EVO, PERO TODO FUE BIEN.

Y EN EL PRÓXIMO LIBRO...

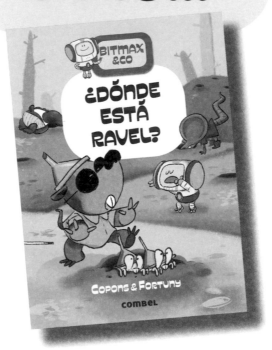

☐

☐

☐

☐

☐

☐

☐

☐

 ✓

☐